So gut kennen wir uns auch nicht

AF175825

Über dieses Buch

Der Band versammelt kurze Geschichten, die es in sich haben. Erzählt werden scheinbar alltäglich-harmlose Episoden von Stillstand und Scham, Obsession und Sehnsucht, von riskanten Konstellationen der Zweisamkeit, skurrilen Konversationen unter Freunden, von Gespenstern der Vergangenheit und anderen Alpträumen.

Über die Autorin

Karin Hartewig, Dr. phil. (Jg. 1959), ist freiberufliche Historikerin und Autorin von Sachbüchern, Essays, Belletristik und Lyrik.

Karin Hartewig

So gut kennen wir uns auch nicht

Dreizehn Erzählungen

Bibliografische Informationen der Deutschen Nationalbibliothek: Die Deutsche Nationalbibliothek verzeichnet diese Publi-
kation in der Deutschen Nationalbibliografie; detaillierte Bibliografische Daten sind im Internet über http://dnb.dnb.de
abrufbar.

© 2018 Karin Hartewig

Herstellung und Verlag: BoD – Books on Demand, Nor-
derstedt

ISBN 978-3-7528-7852-3

www.bod.de

Inhalt

Früher

Mit angewinkelten Beinen lag Ella auf dem alten Sofa, das einmal dunkelbraun gewesen war. Schon lange war der Cordsamt ausgebleicht und hatte einen Stich ins Grünliche bekommen. Es war einer dieser Nachmittage, die nicht enden wollten. Sie war allein. Der Fernseher lief mit Lautstärke 28. Zum Glück hatten sich die Nachbarn noch nicht beschwert. Vielleicht war um diese Zeit keiner zu Hause. Ella hatte es sich bequem gemacht. Sie trug Pullover und Jogginghose. Auf der Seite liegend sah sie schläfrig denen zu, die ihre Probleme in aller Öffentlichkeit ausbreiteten. Echte Menschen, die man früher nie im Fernsehen gesehen hatte, bevölkerten um diese Tageszeit ihr Wohnzimmer.

Die besten Geschichten schreibe immer noch das Leben selbst, sagte die Moderatorin mit gebleckten Zähnen in die Kamera. Man müsse über alles sprechen, sagte ihr Partner mit melancholischem Dackelblick. Fürchterliche Geschichten seien das von Leuten aus der Unterschicht, die auf diese Weise endlich von der Straße gekommen seien und für einen Tag ein Studiodach über dem Kopf hätten, sagte Cornelia verächtlich, wenn Ella am Telefon erzählte, was sie gerade so treibe. Sendematerial, deren Armut man an den schlechten Zähnen, den Frisuren und den Synthetik-Pullovern sehen könne, deren Sprachlosigkeit man ahne, bevor sie einen Ton von sich gegeben hätten.

Aber Ella war süchtig nach diesen Talk-Shows. Paare, Nebenbuhlerinnen und Rivalen, Töchter und Mütter, Mütter und Söhne, Geschwister stritten miteinander und versöhnten sich wieder. Es wurde laut, Tränen flossen. Alle wirkten so lebendig. Obwohl sie nicht immer verstand, worum es bei diesen Dramen wirklich ging.

Zwischendurch kamen die Quizsendungen. Manchmal wusste Ella die Antworten schneller als die Kandidaten. Dann stellte sie sich vor, wie es wäre, soviel Geld zu gewinnen, und was sie damit anfangen würde. Ein neues Sofa kaufen vielleicht, ganz sicher aber eine Reise an die Nordsee machen.

Dass an diesem Nachmittag, wie an anderen Nachmittagen, in ihrem Wohnzimmer laut geredet wurde, beruhigte Ella. Sie fiel in einen tiefen Schlaf. Erst als der Sekundenzeiger kurz vor Beginn der Fünfuhr-Nachrichten auf dem riesigen Bildschirm geräuschvoll vorrückte, wachte sie auf. Es dämmerte bereits. Sie versuchte sich aufzurichten, doch sie sank wieder zurück in die Kissen. Einen Moment lang blieb sie so. Es war gar nicht mal so lange her, da war ihr das Aufstehen noch ganz leicht gefallen.

Nun fiel ihr wieder ein, dass sie sich auf die Seite rollen und die Unterschenkel über die Sofakante fallen lassen musste. Endlich saß sie aufrecht. Sie tastete nach ihren Holzpantinen mit den dünnen

Lederriemen, die schon an mehreren Stellen eingerissen waren. Dabei stellte sie sich das strenge Gesicht ihrer Tochter vor und hörte sie sagen, sie werde sich noch einmal totschlagen in diesen Schlappen, die keinen Halt böten, und wann sie endlich gedenke, sich neue Hausschuhe zu kaufen. Aber Cornelia konnte nicht wissen, dass Ella so gut wie nie mehr in die Stadt kam. Zur Bushaltestelle war es für sie inzwischen viel zu weit.

Unvermittelt drückte sie sich mit beiden Armen aus dem durchgesessenen Polster heraus. Ihre steifen Knie zitterten. Im letzten Augenblick, bevor der Oberkörper wieder auf das Sofa sinken konnte, schob sie entschlossen das Becken nach vorn und kam in dem schmalen Zwischenraum vor dem niedrigen Couchtisch zum Stehen. Bis zum Tischende balancierte sie mit kleinen schlurfenden Seitwärtsschritten und leicht vom Körper gestreckten Armen. Von da waren es nur noch ein paar Schritte bis zur Tür.

Im Halbdunkel des Korridors stolperte sie über einen Schuh. Aus Angst zu stürzen, griff sie in die Mäntel an der Garderobe. Sie tastete nach dem Lichtschalter. Doch jetzt hatte sich eine Schlinge um ihren Fuß gelegt. Das Telefon fiel mit einem Scheppern zu Boden. Ella stöhnte. Als sie sich bückte, fluchte sie über die Rückenschmerzen und dachte an den Rat ihres Arztes, Bewegungen dieser Art möglichst zu vermeiden. Sie stellte den Apparat zurück und hielt den Hörer ans Ohr. Die Leitung war tot. Immer wieder legte sie den Hörer auf die Gabel und nahm wieder ab. Doch das Telefon blieb stumm. Noch jedes Mal, wenn sie über das Kabel gestolpert und das Telefon zu Boden gefallen war, hatte es irgendwann wieder funktioniert. Cornelia wollte schon lange ein Schnurloses anschaffen. Dann sei das Problem endlich gelöst, hatte sie ungeduldig bei ihrem letzten Besuch gesagt. Der war schon Monate her. Aber Ella wollte kein anderes. Sie war an dieses gewöhnt.

Sie fröstelte und beschloss, ein heißes Bad zu nehmen. Unsicher bog sie nach links. Vom Teppichboden des Flurs schlurfte sie über die Türschwelle auf die Fliesen des Badezimmers. Ella hatte schon lang nicht mehr gebadet. Den schwarzen Stöpsel in den Ausguss zu drücken, fiel ihr schwer. Sie ließ das Wasser in einem breiten Strahl, der kleine herabstürzende Wirbel bildete, aus dem verkalkten Hahn rauschen und träufelte etwas von dem aprikosenfarbenen Schaumbad, das sie zu irgendeinem Geburtstag geschenkt bekommen hatte, in das Badewasser. Tresor! Sie schaltete das Radio auf dem Fensterbrett ein, legte Pullover, Jogginghose und Unterwäsche auf der Waschmaschine ab und stieg vorsichtig in die Wanne. Sie fasste den Haltegriff und den Wannenrand und ging langsam in die Knie. Sobald ihr Köper in den duftenden Schaum eintauchte, beugte sie sich nach vorne und ließ sich ins Wasser gleiten. Langsam streckte sie ihre Beine aus und bog den Oberkörper zurück. So leicht fühlte sie sich im Wasser, dass sie sich traute, den Griff loszulassen. Dann drückte sie ihre Füße gegen die Wanne und hob fast übermütig abwechselnd ein Bein in die Höhe. Die Wärme umfing ihren Körper, das Radio spielte Glenn Miller, und der Moderator ölte ihr mit seiner Samtstimme die Ohren ein. Ella schlief ein.

Inzwischen tönte aus dem Radio das Wunschkonzert für die reifere Jugend. Bekannte und beliebte Melodien, unterbrochen von guten Wünschen für einen beschaulichen Lebensabend jenseits der 70, Glück im Kreise der Lieben, langes Leben, Zufriedenheit, Gesundheit! Aber manchmal ahnte man, dass die Jubilare im Altersheim und die Gratulanten weit entfernt in einer anderen Stadt lebten. Das Badewasser war inzwischen nur noch lauwarm. Und Operettenmusik hatte Ella noch nie leiden können.

Nun aber heraus aus der Wanne! Ella winkelte die Knie an, fasste Griff und Wannenrand und versuchte, sich aufzurichten. Doch ihre Füße gehorchten ihr nicht. Sie fanden keinen Halt auf dem glatten Boden und rutschten weg. Auch ein zweiter und dritter Versuch misslang. Ella konzentrierte sich. Ganz eng drückte sie die Knie an den Oberkörper. Mit der Linken hielt sie sich nun am Duschvorhang fest. Langsam zog sie sich aus dem Wasser und hatte es fast geschafft. Da rissen drei Ösen. Es hörte sich an, als platzten Einkaufstüten. Die blauen Kunststoffhaken an der Metallstange gaben ein klapperndes Geräusch von sich. Schwerfällig rauschte der Plastikvorhang mit den bunten Fischen, bevor das herabhängende Ende im Wasser versank. Ella fühlte einen Anflug von Panik. Zu rufen würde ihr nichts nützen. Wer könnte sie hören? Im vorderen Teil der Wohnung übertönte der Fernseher jedes Geräusch. Und im Bad hatte sie das Radio ordentlich aufgedreht. An Fingern und Zehen war ihre Haut schon ganz faltig. Vielleicht wäre es leichter aufzustehen, wenn das Wasser abgelaufen war. Sie zog den Stöpsel. Aber die Wanne war noch immer zu glatt. Von dem Schaumbad hatte sie wohl zu viel genommen. Ihr Blick fiel auf die Handtücher. Weit lehnte sie sich aus der Wanne und konnte eines von der Stange ziehen. Sie breitete das Frotteetuch neben sich längs auf dem Boden aus, ging mit dem Oberköper in die Kurve und schob es sich unter den Po. Dann wiederholte sie die Prozedur auf rechts. Sie stellte beide Füße darauf und stemmte sich tatsächlich in die Höhe.

Etwas steif, aber erleichtert kletterte sie aus der Wanne und schaltete das Radio aus. Hastig trocknete sie sich ab, schlüpfte in den Bademantel und flüchtete aus dem Bad. Auf dem Weg ins Schlafzimmer hob sie noch einmal den Telefonhörer ab. Kein Ton. Ein Fall für die Störungsstelle. Sie würde die Nachbarin bitten müssen, dort für sie anzurufen.

Im Schrank kramte sie nach einem frischen Nachthemd. Ihre Wahl fiel auf ein riesiges Sleep-Shirt mit farbigen Tupfen, das sie vor Jahren einmal mit Cornelia gekauft hatte. Sie könne das durchaus noch tragen, auch in ihrem Alter, hatte die Verkäuferin mit einem aufmunternden Lächeln versichert. Das war nun auch schon einige Jahre her.

Sie zog das Nachthemd über und wickelte sich wieder in den Bademantel ein. Dann griff sie sich das Federbett, knautschte es zusammen und schob sich damit vorsichtig durch die Tür über den Flur ins Wohnzimmer. Auf dem Sofa kroch sie unter das warme Plumeau. Inzwischen war es halb acht. Gleich fing die Serie an, von der sie bis dahin keine Folge verpasst hatte. Was hätte sie sonst schon tun sollen.

Frauentag

Eine undefinierbare Mischung aus Duschbädern, Körperlotion und Äpfeln lag in der Luft. Friedrich hob den Kopf ein wenig, schnupperte und überließ sich den Gerüchen, während Hilda auf die Ablagen und Haken zusteuerte. Sie verstaute den Kulturbeutel und die Lektüre für die nächsten Stunden in einem der offenen Holzfächer. Es war wenig los. Vermutlich lag es daran, dass sie am Nachmittag gekommen waren.

Die beiden Flügel der Tür, die zu den Duschen führte, schwangen zurück und noch einmal hin und her, bis sie wieder ruhig in den Angeln hingen – wie die Türen eines Saloons kurz bevor im Italo-Western die große Schießerei losgeht, dachte sie. Unter der Dusche waren sie allein und machten sich einen Spaß daraus, alle Brausen auf einmal anzustellen.

Der Raum dampfte. Vollkommen in die Geräusche des Wassers versunken schloss Friedrich die Augen. Auf seiner Haut prasselte es. Wenn das Wasser versiegte, platschten die letzten Tropfen schwer auf die Bodenfliesen. Wieder drückte Hilda alle Brauseknöpfe. Und sofort erneuerte sich der Klangraum. Er hörte Hilda träge neben sich seufzen.

Als sie aus dem Duschraum traten, war es fast kühl. Da fiel ihr ein, dass sie die Handtücher in der Umkleide vergessen hatte. Übermütig flüsterte sie ihm zu, „wart' auf mich!". Er war gleich hinter der Tür stehen geblieben, lauschte und stand einfach so da, ohne sich zu bewegen. Die Stille, die nach dem Verstummen der Gespräche einsetzte, kannte er inzwischen. Seine Ahnung trog ihn nie, wenn sich etwas zusammenbraute.

Tatsächlich warfen die Frauen in ihren offenen Bademänteln von den Liegen aus ungehaltene Blicke in Richtung des triefenden Nackten, der merkwürdig verloren, beinahe abwesend wirkte. Unverhohlen aggressiv musterten sie seine Begleiterin, als die mit den Handtüchern erschien. Resolut griff Hilda nach seiner Hand und setzte sich rasch in Bewegung. Er folgte ihr im Schlepptau, wie ein kleiner Junge, den Arm ausgestreckt und den Kopf leicht zur Seite geneigt, als wollte er sich noch einmal umsehen.

Ganz oben in der hintersten Ecke nahmen sie Platz. Friedrich hatte sich das weiße Badetuch locker um die Hüften gelegt. Er saß da, den Oberkörper weit nach vorn gebeugt. Das dichte Haar fiel ihm in kleinen Löckchen ins Gesicht. Es roch zart nach Zitrone, Thymian und Minze. Jeden Augenblick wurde die Tür aufgedrückt. Und mit jedem Luftzug schlüpfte leise jemand herein. Die Kabine füllte sich. Niemand verließ den Raum. Gedämpfte Stimmen schwirrten durcheinander. Inzwischen kochten die Steine. Die Hitze stieg nach oben. Während Friedrich allmählich ins Schwitzen kam, musste er an leuchtende Farben denken – ein gleißendes Gelb, ein blutiges Rot vor allem. Die Farben blieben, auch wenn er die Augen öffnete.

Im diffusen Licht der indirekten Beleuchtung wurde sie zum Augentier. Sie ließ ihren Blick wandern und nahm Witterung auf. Bald hatte sie die Gestalt mit dem leuchtendweißen Tuch wiederentdeckt. Augenblicklich fühlte sie sich unbehaglich. Ihre Augen suchten nach Verbündeten, fanden aber keine. Zu wenig Licht! Da brach sie in das Gemurmel ein:

"Und was machen S i e hier?"

Eine Antwort hatte sie nicht ernstlich erwartet.

„Sie sind hier falsch! Das ist die Frauensauna. Wie jeden Mittwoch ist heute Frauentag", tönte es laut.

Zuletzt war die Stimme ein wenig umgekippt, übergeschnappt. Den „Frauentag" hatte sie fast gebellt. Als müsse eine Bastion verteidigt werden, die ganz schnell wieder verloren gehen könnte. In der peinlichen Stille, die nun eintrat, konnte Friedrich die versammelten Leiber geradezu hören. Als ob sie ein Echo aussandten. Fast hätte er die Hand gehoben, um sich zu schützen, so deutlich nahm er die Körper und die Missbilligung, die sie gegen ihn richteten, wahr. Es war eine Art massiver Anwesenheit, eine unbestimmte Dichte, eine Spannung, die er zuletzt sogar auf der Gesichtshaut zu spüren glaubte. Friedrich tastete unwillkürlich nach dem Badetuch und wandte sich mit einem unbeholfenen Lächeln in die Richtung, aus der die Zurechtweisung gekommen war. Er wollte gerade zu einer Entschuldigung ansetzen, da kam ihm Hilda zuvor:

„Keine Angst, mein Mann ist blind. Er kann sie nicht sehen."

Hatte hier jemand Angst, betrachtet zu werden? Ging es mal wieder ums Prinzip? Alle schwiegen. Die Feindseligkeit, die eben noch kompakt wie eine Wand auf ihn zugerollt war, änderte Aggregatszustand und Richtung. Sie zerstob in widerwillige Scham und scheue Verlegenheit und traf sie alle. Die Frau, die den falschen Blick und den falschen Körper in die Flucht schlagen wollte, tat so, als sei nichts geschehen. Angestrengt vermied sie es, zu ihm hinüber zu schauen. Vermutlich würde sie jetzt die Augen schließen, dachte er. Jedes Kind glaubt, dass man unsichtbar wird, sobald man die Augen schließt. Nichts sehen und nicht gesehen werden, ist dasselbe. Aber er wusste Bescheid.

„Lass' uns verschwinden", flüsterte er Hilda ins Ohr. Doch die machte keine Anstalten sich zu erheben. Zu spät. Da war schon die Badefrau, den Zuber mit dem Holzlöffel in die Hüfte gestemmt, um den Aufguss zu bereiten.

„Orange mit Basilikum für die Damen." Wie jeden Mittwoch.

Sprechende Steine

Nur der Stein stand noch da. Schief, schmutzig, der Name der Großmutter, das Jahr ihrer Geburt und ihres Todes darauf verwittert, aber doch zu lesen. Deutlich frischer die Namen der Eltern. Die Grabeinfassung war entfernt worden. Der Boden hatte sich gesenkt. Dort, wo sich die verwahrloste Grabstelle befunden haben musste, hatte die Friedhofsverwaltung Rasen ausgesät, damit der Unterschied zu den sorgsam gepflegten Gräbern rundherum nicht so auffiel. Die ganze Zeit, als Cornelia Besseres zu tun gehabt hatte als auf den Friedhof zu gehen, hatte der Stein an seinem Platz gestanden, selbstverständlich, seelenruhig, geduldig - ein Fragment der Familie.

Außer ihr und dem Stein war nichts geblieben. Alle tot, die Wohnung längst aufgelöst. Immerhin, den

Stein und das bisschen Grün davor konnte ihr niemand streitig machen. Es war der einzige Grund und Boden, den sie jemals gepachtet hatte. Niemals würde sie das aufgeben. Hätte es nicht angefangen zu regnen, sie hätte sich auf dem Rasen niedergelassen.

„Jeder Familienroman ist eine Geschichte in Fortsetzungen, auch der unsere", dachte sie. Sie erinnerte sich an die Gespräche der Erwachsenen aus Kindertagen: Die Alten hätten sich geweigert zu gehen. Sie hätten einfach bleiben müssen, denn sie hätten es nicht über sich gebracht, die Gräber im Stich zu lassen.

In der Nähe der Toten auszuharren und ihre Gräber zu pflegen – schon früh hatte das Kind das richtige und das falsche Gewicht des alten Lebens geahnt. Das hielt einen in der Heimat, sicher und fest für alle Zeiten. Aber es drückte einen auch nieder. Mit einem Anflug von Enttäuschung hatte Cornelia erfahren, dass die Eltern und die Großmutter sich davon losgesagt hatten. Oder es war ihnen gelungen, zu entkommen und sich von einer Last zu befreien, aus Gründen, die sie gern erklärt bekommen hätte. Nur so viel war klar: Lieber als am vertrauten Ort zu bleiben, der ihnen fremd geworden war, wollten sie in der Fremde das Leben neu beginnen und an das Verlorene anknüpfen. Die Trauer um ihre Leute nahmen sie mit, zusammen mit den alten „Wir hatten" und „Wir waren"-Geschichten, mit den deutschen Kochbüchern aus der Kriegszeit, der zerschlissenen Bettwäsche, der Agfa Box-Camera und den schweren Federbetten, die ihnen zuletzt gestohlen wurden. Was sich die Familie erzählte und kein anderer zu hören bekam, kannte das Kind bald auswendig. Daraus hatte Cornelia gelernt fürs Leben, zum Beispiel dies: Niemals und unter keinen Umständen Kissen und Plumeaus wegzuwerfen! Das war eine ihrer Schrullen und so was wie ein elftes Gebot. Auf den Verrat stand die Strafe des schlechten Gewissens.

Nur mit dem Deutschen war es genau anders herum! Die Kleine sprach schlecht, ein ganz hartes Oberschlesisch. So redete die Großmutter mit der Enkelin. Unmöglich! Schließlich hatte es das Kind doch geschafft, in Deutschland geboren zu werden. Schönsprechen lernen sollte Cornelia also: ein makelloses, unkenntliches Deutsch, das zu keiner Landschaft passte. Bis niemand zu sagen gewusst hätte, woher sie eigentlich stammte. Die Großmutter verriet die Herkunft, sobald sie den Mund aufmachte. Für sie schämte sich das Schulkind immer ein bisschen und schämte sich d a f ü r sofort ein zweites Mal.

Immer leise sprechen - lieber flüstern - nur nicht laut werden! Draußen, auf der Straße, beim Einkaufen oder in der Straßenbahn, senkten die Erwachsenen anfangs die Stimme. Man hörte sofort, dass sie nicht von HIER waren – Habenichtse, Flüchtlinge, Saupreißen, Polacken eben. Drüben waren sie Jahre lang die verhassten Deutschen gewesen.

Trau, schau wem!

Feind hört mit!

Deutsch sprechen verboten!

Pssst!

Das Raunen war ihnen in Fleisch und Blut übergegangen. Ein Leben in zwei Diktaturen, 26 Jahre lang, gedämpft auf Zimmerlautstärke. Jetzt waren sie die ungebetenen Gäste, halbe Ausländer unter mürrischen Eingesessenen. Die fühlten sich gestört in ihrem kleinen Wohlstand und in ihrem neuen Selbstbewusstsein. Der große Treck der Flüchtlinge war längst durch. Diese Nachhut erinnerte sie zur Unzeit an den Krieg und daran, dass es jemanden gab, der länger dafür hatte bezahlen müssen als sie.

Den Zugereisten fehlten die alten Familienfotos auf der Kommode und das gute Geschirr im Schrank. Lange fehlten ihnen auch Kommode und Schrank. Das Behäbige, das Selbstgewisse ging ihnen ab. Leicht waren sie zu erkennen: zehn Meter gegen den Wind, ohne dass ein Wort gewechselt worden wäre. Ein Kinderspiel.

„Was wollt ihr HIER, wo kein Pfeffer wächst? Geht doch zurück, wo ihr hergekommen seid", so tönte es ihnen manchmal entgegen.

Was sie kenntlich machte, wenn sie schwiegen, blieb ihnen selbst ein Rätsel.

Nach der Ausreise hatten sie fast ein ganzes Jahr im Lager zugebracht, genaugenommen waren es drei Lager gewesen. Zuletzt teilten sich zwei Familien ein großes Zimmer. Darin schützten die Decken auf der Wäscheleine vor fremden Blicken, aber nicht vor den Stimmen am Tag und den Geräuschen der Nacht. In dieser Zeit wurde Cornelia geboren. Das Baby war ein Glück. Endlich gab es eine eigene Wohnung, zwei Zimmer und ein halbes auf den Hof hinaus, eigentlich eine Kammer mit Fenster, dazu Küche, Bad, Kohlenkeller. Sogar ein kleiner Balkon war dabei und Blumenkästen für die Geranien. Mitten im Winter durften sie einziehen in den Wohnblock im Neubaugebiet, die Spätaussiedler, zusammen mit den neuen Flüchtlingen aus Ungarn und aus der „Zone". Da war das Treppenhaus noch nicht fertig, und die Kohleöfen hatte man gerade erst aufgestellt. Aber die neuen Mieter hatten es eilig. Sie wollten endlich die Tür hinter sich schließen und ankommen in der schönen Bundesrepublik.

Designerkind

„Ein Kind, das nicht hören kann, wäre ein Segen",
sagte die Frau leise. Der Mann nickte. Der Arzt sah
die Frau an, deren Bauch sich dem Ultraschall-Gerät
entgegenwölbte. Und er blickte zum Mann hinüber,
der zärtlich ihre Hand hielt. Er verzog keine Miene.
Die Frau verschwand hinter dem Wandschirm.
Während sie sich ankleidete, sprach sie in das Zimmer hinein: „Wir haben uns dieses Kind beide sehr
gewünscht."

Fünf Monate später wurde das Kind geboren. Beim
Gehörtest zeigte das kleine Wesen keine Reaktion.
Eine größere Freude hätte das Kind seinen Eltern
nicht bereiten können. „Wenn das Kind blind wäre,
würden wir sie um Hilfe gebeten haben", sagte der
glückliche Vater.

Das Kind sollte taub sein. Der Mann und die Frau
hatten sich gesucht und über eine Annonce gefun-

den. Bis in die fünfte Generation war die Familie des Mannes taub. Die Frau stand ihm da nur wenig nach. Zwei Dynastien von Gehörlosen hatten sich vereinigt! Stolz waren sie auf ihre Taubheit. Nicht hören können, war für sie keine Behinderung. Selbstbewusst sprachen sie von sich und Ihresgleichen. An der Welt der Missklänge und Geräusche wollten sie nicht teilhaben. Die Stille machte sie glücklich. Das war ihr Vermächtnis. Auch glaubten sie, sie könnten ihrem Kind bessere Eltern sein, wenn es diese Leben mit Ihnen teilte. Und was war natürlicher, als dass Eltern sich mit ihrem eigenen Fleisch und Blut in ihrer Sprache unterhielten? Insgeheim aber wollten sie wie alle Eltern, dass ihr Nachwuchs ihnen besonders ähnlich sei. Unwiederbringlich sollte das Kind auf ihre Welt festgelegt sein. Sie wussten, jede Erziehung könnte eines Tages abgestreift werden, aber dieses Erbe nicht.

An seinem achtzehnten Geburtstag zog das Kind vor Gericht. Es verklagte die Eltern und forderte Schmerzensgeld für sein Leben.

Strandgut

Die beiden Läufer waren früh unterwegs. Ab acht
Uhr würde es mit der Ruhe vorbei sein. Dann kamen die ersten Touristen, die sich die besten Plätze
sicherten. Sie drehten die Liegestühle zur Sonne hin,
verteilten ihre Badetücher und bauten knallbunte
Strandmuscheln für die Kinder auf.

Den Koffer hatten sie sofort gesehen. Er tanzte wie
ein großes Stück Holz in der Brandung. Als die
Männer das Gepäckstück geborgen hatten, entdeck-
ten sie die Leiche einer zarten Frau. Sie war schon
ziemlich verwest. Einige Tage musste dieser Hart-
schalenkoffer bereits im Meer getrieben haben.

Dem Körperbau nach zu urteilen stammte die Frau
vermutlich aus Ostasien. Zierlich und klein wird sie
gewesen sein. Ihr Gewicht schätzte der Pathologe
auf nicht mehr als vierzig Kilo. Die Obduktion

ergab, dass die Frau an Erschöpfung und extremer Unterernährung gestorben sein muss. Erst danach war sie in dem Koffer verstaut worden. Gewalteinwirkung konnte keine festgestellt werden.

Der Besatzung des Kreuzfahrtschiffs war die Frau schnell aufgefallen, weil sie sich kaum etwas vom Buffet nahm, während die meisten Gäste die Speisen auf ihre Teller schaufelten und sich sogar mehrmals einen Nachschlag genehmigten – auch ihre Begleitung, vermutlich der Ehemann langte bei jeder Mahlzeit kräftig zu. Eines Tages bekam man sie gar nicht mehr zu Gesicht. Angeblich schlief sie viel. Dann hieß es, sie habe die Reise abgebrochen und sei in Griechenland von Bord gegangen. Gesehen hatte das aber niemand. Deshalb meldete der Kapitän die Thailänderin über Funk als vermisst, noch bevor das Kreuzfahrtschiff im Hafen anlegte. Ihr deutscher Ehemann, doppelt so alt und doppelt so schwer wie sie, wurde sofort festgenommen. Die italienische Polizei hielt es für möglich, dass der 46Jährige seine Frau getötet und über Bord geworfen haben könnte. Der Mann bestritt alles. Über das Verschwinden seiner Frau schwieg er sich aus. Wortkarg war er aber nicht:

„Es war Liebe auf den ersten Blick! Als erstes habe ich ihr Foto gesehen im Internet, auf den Seiten einer Agentur. Ich bin dann extra hingefahren nach Thailand, um sie vorher kennenzulernen. Ich wollte sicher sein, dass es gut gehen wird."

In Thailand war er vorher schon mal gewesen. Er kam ins Schwärmen.

„Tolles Land, tolle Strände, tolle Küche und erst die Menschen! Alle s o w a s von freundlich. Service wird da eben noch ganz groß geschrieben. Und kosten tut's fast nix. Andererseits, von dem Geld, das unsereins dort ausgibt, lebt eine ganze Familie."
Der beste Urlaub seines Lebens sei das gewesen, drei Wochen am Strand. Und von den Hütten wehte ständig ein Singsang herüber: „Massage, Massage!" Er grinste.

Die Frau sah dann wirklich so aus wie das Foto aus dem Katalog. Sie gefiel ihm. Das mit der Verständigung würde sich schon ergeben. Mit der Agentur wurde er handelseinig. Kurze Zeit später konnte er sie am Flughafen in Empfang nehmen. Sie sagte „Hi" und lächelte. Aber auf der Fahrt durch die Hauptstadt hinaus ins Umland starrte sie ernst aus dem Fenster. Anfangs wurde in der Nachbarschaft getratscht, doch das legte sich. Bald akzeptierte man die Fremde, die nicht anders konnte als lächeln.

Zuletzt glaubte der Mann aber, dass seine Frau sich doch sehr fremd fühlte. Denn sie wurde immer trauriger und immer dünner und dann auch noch aggressiv, wenn er ihr zu nahe kam. Er hoffte, die Mittelmehrkreuzfahrt würde ihre Stimmung aufzuhellen.

Ob sie an Selbstmord gedacht haben könnte? War ihm nicht aufgefallen, vielleicht hatte er da etwas übersehen. Aber dass sie sich in einen Koffer gehockt und der dann Beine bekommen hätte, ist ja wohl ziemlich unwahrscheinlich, oder? Also konnte sie nur heimlich von Bord gegangen sein, richtig? Wer weiß, wo die jetzt steckte.

Es stimmte schon, er hatte auf dem Schiff einmal richtig Streit mit ihr gehabt. Sie hatte sich daraufhin wohl irgendwo versteckt, um ihm aus dem Weg zu gehen. Er dachte, die kommt schon wieder. Deshalb hatte er die Ausreden erfunden.

Das Blödeste war, dass nun alles u m s o n s t gewesen war: die hohe Vermittlungsgebühr für die Agentur, der Flug von Thailand, die neue Einbauküche, die Auslagen für die Hochzeit und jetzt auch noch die Kreuzfahrt. Zu allem Überfluss saß er nun in einem fremden Land fest und man beschuldigte ihn, seine Frau ermordet zu haben. Dabei hatte er so einen schwarzen Koffer nie besessen. Seine Koffer sahen anders aus.

Wenig später mussten die Behörden den Mann freilassen. Die Tote im Koffer war nicht die Vermisste. Sie sah ihr vermutlich nicht einmal ähnlich. Der Fall wurde nie aufgeklärt.

Die letzte Reise

Es war schon alles zugeparkt, als sie hinter der Steigung die letzte Kurve nahmen. Gestalten in Schwarz mit ernsten Gesichtern kamen ihnen entgegen. Fast alle hielten eine weiße Rose in der Hand. Nur das derbe Schuhwerk, das die meisten Leute an den Füßen hatten, passte nicht so recht ins Bild. Es sah eher nach Wandergruppe aus. Der Waldboden oberhalb des Parkplatzes war vom Regen der vergangenen Tage ziemlich aufgeweicht. Und so hatten sich viele für ihre Schlechtwetter-Laufschuhe entschieden. Ein älteres Paar riskierte einen stummen Blick durchs Seitenfenster in den Wagen. Es war klar, sie gehörten nicht dazu. Sie waren an diesem trüben Nachmittag falsch hier.

Cornelia rutschte tiefer in den Beifahrersitz. Aber es nützte nichts. Ihr Lauftrikot leuchtete Neon grün wie das blühende, selbstoptimierte, gesundheitsbewusste Leben selbst.

„Lass‘ uns woanders hinfahren!“, schlug sie vor.

Beäugt von den Trauergästen wendete Jens noch an der Einfahrt zum Parkplatz.

„Ich glaub‘, ich möchte nicht im Wald begraben werden“, sagte Cornelia und schaute aus dem Fenster.

„Die verwenden biologisch abbaubare Urnen. Die Blumenhändlerin hat mir erzählt, dass die Wildschweine vom süßlichen Geruch der Urnen angezogen werden, bevor sie zerfallen sind. Die Tiere durchwühlen den Boden wie die Trüffelschweine. Den Rest kannst du dir denken.“

„Wer ist denn so versessen auf Bio? Ich nicht“, feixte Jens.

„Ein unangenehmer Gedanke, oder?“

„Schätzchen, man ist Teil des Systems, ob man will oder nicht.“ Er lachte spöttisch.

„Versprich mir …“

„Was kommt jetzt“, dachte Jens.

„… ein Begräbnis in der Stadt, auf einem Friedhof!“

Fehlt nur noch „in geweihter Erde“, dachte er und sagte: „Und du glaubst, da sind keine Tiere?!?“

„Doch schon, aber keine Wildsau wird mich in meiner Urne ausgraben und verschlingen!“

Nun legte er es darauf an, sie hochzunehmen.

„Weiß man's? Es dauert bestimmt nicht mehr lange, bis Wildschwein, Waschbär und Co nachts überall das Kommando übernehmen. Am Stadtrand von Berlin kann man ihnen schon begegnen. Ein Friedhofszaun ist für sie kein ernstzunehmendes Hindernis.

Sie ignorierte ihn.

„Du weißt, ich bin eine Großstadtpflanze. Ich will nicht irgendwo in der Wildnis beerdigt werden. Außerdem will ich ‚eine schöne Leich‘, eine richtige

Trauerfeier, das volle Programm. Alle, die mich gekannt haben, sollen von meinem Tod erfahren und kommen", tönte sie etwas zu laut.

Jens fühlte sich jetzt unter Beobachtung. Er verzog keine Miene.

Man wird beerdigt, wie man gelebt hat, aber sie will plötzlich Geselligkeit, das große Fest mit allem Brimborium, Pomp funebre! Dann soll ich auch noch die ganze Verwandtschaft dazu einladen und ihre öden Freundinnen. Den Smalltalk höre ich jetzt schon. Stattdessen wandte er ein:

„Vielleicht ist mir dann aber gar nicht nach einer solchen Veranstaltung, sondern ich wäre lieber allein mit dir?"

„Ich will aber nicht still und heimlich verscharrt werden!"

„Ich schon!", gab Jens trocken zurück.

„Ja, das ist mir klar. Typisch - du!"

„Pass mal auf, ich kann auch einfach alle einladen. Nur dass diese Trauerfeier, dann ohne mich stattfinden wird. Von mir aus können deine Freunde und die ganze Verwandtschaft …" Er sprach nicht weiter.

„Was? … ungestört mit mir feiern? Mich ungestört betrauern? Mich ungestört zu Grabe tragen und danach ungestört das Leben feiern?", rief sie belustigt und scharf.

Jens lachte.

„Um wen g e h t e s eigentlich bei m e i n e r Beerdigung?", fragte Cornelia.

Sie schwiegen und fuhren.

„Vielleicht sollten wir mal aufschreiben, wie wir uns unser Begräbnis so vorstellen? Aber vermutlich wird mir das nicht viel nützen, weil du sowieso machst, was du willst. Oder wir sagen gleich, der Überlebende darf bestimmen. >Wer zahlt, schafft an, wie man in Bayern sagt<" Sie wandte ihm ihr Gesicht zu. Er bemerkte die Fältchen um ihre Augen herum, die aber gar nicht lachten. Sie hatte die Augen zusammengekniffen, wohl weil sie gegen die Sonne schaute. So genau konnte er das nicht erkennen. Er musste auf die Straße achten, die nun kurvig wurde.

„Untersteh dich!", rief er.

„Was!"

Sie erreichten die Abzweigung. Ein Hohlweg führte zum Parkplatz. Die Umgebungskarte zeigte im überdachten Schaukasten die markierten Wanderwege. Auf dem Plakat daneben forderten die Tiere des Waldes die Besucher dazu auf, nach 18.00 Uhr nicht mehr durch den Wald zu lärmen oder abends am besten ganz wegzubleiben. Sie lümmelten auf Sofas und in bequemen Polstersesseln und wollten ihre Ruhe haben. Die Figuren sahen aus, als seien sie einem Animationsfilm entstiegen.

Cornelia und Jens trabten los. Wie sonst auch hatte beim Laufen keiner von ihnen Lust auf Unterhaltung. Jens musste sich etwas mehr anstrengen, obwohl er die längeren Beine hatte. Denn Cornelia war besser in Form. Einträchtig liefen sie nebeneinander her. Das funktionierte. Immer. Sie hielten das Tempo. Das Laufen brachte die Dinge auf Abstand. Es kühlte die Temperatur herunter, und es setzte alles auf Anfang. Irgendwie. Als sie das Auto wieder erreichten, dachte Cornelia an nichts Bestimmtes mehr. Und Jens ging im Kopf die Termine der nächsten Woche durch. Doch auf der Landstraße, die sonst wenig befahren war, kam ihnen hinter der nächsten Biegung die endlose Wagenkolonne entgegen. Die Totenfeier im Wald war vorbei.

Puppenspieler

Mit einer Einladung bei Jens und Cornelia hatte man das große Los gezogen. Jens, in allem ein Perfektionist, legte sich beim Menü mächtig ins Zeug. In diesem Haushalt war die Küche kein Ausstellungsraum. Hier wurde wirklich gekocht und zwar nach allen Regeln der Kunst.

Für die abendliche Tafel war Cornelia zuständig. Die Dekoration wirkte so stimmig wie auf den Fotos von Hochglanzmagazinen. Doch ein Gefühl von Wärme und Aufgehobenheit wollte sich nicht einstellen. Alles war eine Spur zu perfekt und wirkte halboffiziell.

Alle hatten ihren Platz gefunden. Die Aperitifs funkelten in den Gläsern. Und aus der Küche wehte ein wunderbarer Duft herüber.

„Wusstet Ihr, dass die Deutschen im Durchschnitt ein Vermögen für Ihre Kücheneinrichtung ausgeben? Etwa 20.000 Euro sollen es sein. Für Lebensmittel legen wir dagegen viel weniger hin als zum Beispiel Franzosen oder Italiener."

„Kunststück, dort sind Nahrungsmittel auch viel teurer als bei uns."

„Also ich kaufe beim Discounter. Da weiß ich, dass die Sachen frisch sind, weil sie so schnell weggehen. Hundert Pro", sagte Doro, die sich bei jeder Gelegenheit als bekennende ALDI-Kundin outete. Aber niemand hatte Lust, auf das Thema einzusteigen. Schließlich wollte man die Gastgeber nicht beleidigen.

„Kürzlich habe ich gelesen, dass Japaner eine Vorliebe für synthetische Partner haben sollen."

„Die gute alte Sex-Puppe?"

„Eben nicht. Sie leben mit ihnen, waschen sie, ziehen sie an, schminken sie und sprechen mit ihrer Mitbewohnerin. Sie sagen Tschüss, wenn sie das

Haus verlassen und Hallo, wenn sie wiederkommen."

„Hallo Schatz wie war dein Tag, etwa?!"

„Wundert mich gar nicht. Japaner lieben schließlich auch Roboter als Haustiere. Hunde zum Beispiel. Die wackeln durch die Wohnung und wedeln mit dem Schwanz, während ihre Augen leuchten wie glühende Kohlen. Oder Robben aus Kunstfell. Man kann sie auf den Arm nehmen, streicheln und kneifen. Dabei geben sie Geräusche von sich, je nach dem, wie gut ihnen das gefällt, was die Menschen mit ihnen anstellen."

„Sie sind halt sauber und pflegeleicht. Das ist schon ein Vorteil in diesen winzigen Wohnungen."

„Dass Frauen pflegeleicht sein sollen? Wie haben wir das denn zu verstehen??"

„Gibt's denn auch den Silikon-Mann?", fragte Vera unter allgemeinem Gejohle.

„Da haben wir doch schon wieder eine Marktlücke gefunden, Hersteller von Silikon-Männern mit angeschlossenem Verleih."

„Neulich hat mir Hartmut folgende Geschichte über eine alte Bekannte erzählt, mit der er sich's echt verscherzt hat. Die Besitzerin des Zeitungsladens hat eine Katze, die ganze Tage in ihrem Korb im Schaufenster verbringt. Jeden Morgen, wenn Hartmut seine Zeitung holt und das macht er seit Jahren, streichelt er die weiße Katze. Aber neuerdings duckt sie sich unter seiner Hand weg. Sie hat Angst vor ihm, seitdem er ihr eine Maus mitgebracht hat, eine lebendige Maus aus der Zoohandlung. Die hat er ihr in den Korb gesetzt. Er dachte sie freut sich. Aber die Katze wusste überhaupt nicht, was eine Maus ist. Am nächsten Morgen war die Maus immer noch quicklebendig, und der Katze standen die weißen Haare zu Berge. Die Ladenbesitzerin war richtig sauer auf ihren besten Kunden, weil er ihre Katze so erschreckt hat."

„Nachtragend und von der Natur entfremdet, diese Großstadtkatzen, die niemals aus den vier Wänden rauskommen ins wilde Leben."

„Och, und die arme Maus? Wurde sie wieder in die Tierhandlung zurückgebracht?"

„Ich schätze, sie wurde ausgesetzt."

„Viele Silikon-Frauen werden übrigens tatsächlich an den Hersteller zurückgeschickt, sobald die Männer heiraten oder eine Familie gründen. Schließlich soll die neue Frau nicht mit der stummen Vorgängerin aus der Zeit der Einsamkeit zusammentreffen. Manche kommen in einem ziemlich ramponierten Zustand an. Und weil Japaner glauben, dass auch Dinge eine Seele haben, werden die Puppen beerdigt. Nur Atheisten entsorgen ihre Puppen still und heimlich im Müllcontainer."

„Ich finde es ziemlich abgefahren, dass seit ein paar Jahren weltweit immer mehr Frauen Silikon-Babys adoptieren. Sie sehen übrigens erstaunlich echt aus und fühlen sich auch so an."

„Kennt Ihr diesen Film, in dem Scarlett Johannsen ein Computer-Betriebssystem spielt? Genau genommen ist sie in dem ganzen Film nur die weibliche Stimme des Systems. Sie heißt ,Samantha'. In diese Stimme verliebt sich Theodore Twombly, ein verklemmter schüchterner Typ. Der arbeitet in einer Agentur, die sich auf handgeschriebene, persönliche Briefe spezialisiert hat. Seine Kunden sind Leute, die es verlernt haben, ihre Gefühle auszudrücken."

„Da sage noch jemand, der Brief und die Schönschrift seinen unnütze Kulturtechniken."

„Und gibt es ein Happy End?"

„Nö. Samantha gesteht ihm, dass sie sich zur gleichen Zeit in ungefähr 700 andere Nutzer und Betriebssysteme verliebt hat und verlässt Theodore. Sie bricht einfach zusammen – Systemabsturz, irreparabel. Und unser Mr. Twombly bleibt aufgelöst und vollkommen ratlos zurück."

„Wie im richtigen Leben also!"

„Kürzlich fand ein Finanzanalyst, dass wir alle bald vollkommen überflüssig sein werden. Überall künstliche Intelligenz! Deep Learning, selbstfahrende Autos, Routine-Jobs, die von Computern erledigt werden. Ich finde das grausig!"

„Das ist doch ziemlich faszinierend! Obwohl ich dir recht gebe: bevor man in künstliche Intelligenz investiert, sollte man sich lieber mehr um die natürliche Intelligenz der Artgenossen kümmern. Mit der ist es nämlich nicht so weit her."

„Geschenkt! Bei KI geht es nicht nur um den Akkordarbeiter am Band. Auch deine juristischen Wald- und Wiesenfälle kann dann ein Computer bearbeiten. Wie fühlt sich das an?"

„Und deine Diagnosen bei irgendwelchen einfachen Beschwerden sind vermutlich auch nicht besser als die eines Robot-Doktors. Somit hätten wir ganz nebenbei auch das Landarztproblem in der dünn besiedelten Wildnis gelöst."

„Würdest du dich von so einem künstlichen Arzt behandeln lassen? Was ist, wenn das Programm sich irrt und die falsche Medizin verordnet?"

„Shit Happens! Auch im analogen Leben. Leute wofür haltet ihr euch? Glaubt ihr, ihr lebt ewig? Irgendwann ist die Party vorbei. So oder so."

Gerade erschien Jens mit dem Tablett in der Tür und servierte seine filigran arrangierten Hors d'Œuvres.

In den Sternen. Eine Parodie in 12 Stationen

I (Wassermann)

Venus lässt Sie hängen. Da wird's nichts werden
mit verliebten Nächten! Aber am Wochenende
winkt gute Laune. Winken Sie zurück und klopfen
sich selbst auf die Schulter. Danach geht's heiter
weiter. Sport ist jetzt Pflicht. Sie können mehr als
den Schongang.

II (Fische)

Morsche Teile werden in generalstabsmäßig geplan-
ten Rückrufaktionen aus dem Verkehr gezogen. Er-
satz lässt auf sich warten. Sie fragen sich zu Recht,
ob Sie nicht früher mit dem Rauchen hätten aufhö-
ren sollen. Ein murkeliges Gefühl bemächtigt sich

ihrer Magengegend. Geraten Sie jetzt bloß nicht in Panik.

III (Widder)

Glückwunsch! Eine Erbschaft steht demnächst ins Haus. Doch wie hoch das Erbe ausfällt, wird von den Launen Ihrer Mutter abhängen. Zeigen Sie sich also endlich von Ihrer freundlicheren Seite, Sie sturer Schratz. Oder wollen Sie riskieren, dass Vermögen und Villa am Ende an den „Verein gegen betrügerisches Einschenken" gehen?

IV (Stier)

Gestern waren Sie voller Energie. Sie hätten nicht zu Hause bleiben sollen. Nordic Walking oder einfach zügig Spazierengehen wären ein idealer Zeitvertreib gewesen. Sie hätten aber auch endlich damit anfangen können, Kisuaheli zu lernen. Dann stünde jetzt eine Reise bevor. Ruanda war schon immer Ihr Traum.

V (Zwillinge)

Sie sind der einsamste Mensch auf der Welt? Heraus aus Ihrer Ebereinzelbucht! Rufen Sie sich von unterwegs selbst an und sprechen Sie eine Nachricht auf Ihr Alibiphon. Welche Freude, wenn Sie zurückkehren und das grüne Lämpchen des Anrufbeantworters Ihnen zublinzelt. Heimat ist, wo man sich aufhängt.

VI (Krebs)

Bewegung, Vitamine und zwei Liter Wasser täglich sind Pflicht. Kaloriensünden werden sofort bestraft. Kleinste Symptome einer möglichen Krankheit finden die Beachtung, die sie verdienen. Es fehlt nicht viel, und Sie haben Stufe 3 der Selbstoptimierung erreicht. Eine Belohnung ist überfällig.

VII (Löwe)

Sie können mehr! In nächster Zeit wird Ihr Chef ernste Probleme mit Ihnen bekommen. Raten Sie ihm, gelassen zu bleiben. Gehen Sie aber nicht gleich mit dem Kopf durch die Wand – achten Sie lieber auf alles, was unbemerkt von hinten kommt. Verschwenden Sie Ihre Loyalität nicht. Die Dinge werden sich ändern – so oder so.

VIII (Jungfrau)

Tägliche Körperhygiene ist erstes Gebot. Sie können nie wissen, wann das Glück Sie ereilt. Vielleicht nimmt Venus Sie schon morgen an der Hand und geleitet Sie in ein aufregendes Liebesabenteuer, das Sie noch lange Zeit beschäftigen wird. Sie sind in Hochstimmung. Aber denken Sie nicht einmal daran, zu klammern.

IX (Waage)

Jemand möchte sich aus ihrem Leben verabschieden, weiß aber nicht, wie er es anstellen soll. Sie schwanken zwischen Dankbarkeit, Freude und schlechtem Gewissen. Bereiten Sie Ihrem Wechselbad der Gefühle erst dann ein Ende, wenn sie es lange genug ausgekostet haben.

X (Skorpion)

Na, wann haben wir denn heute Sprechstunde? Alle heulen sich bei Ihnen aus. Doch mit Ihrer spitzen Zunge treiben Sie die Ratsuchenden und Bedürftigen in die nächste Verzweiflung. Wenn alle Tränen getrocknet sind, sollten Sie ein extravagantes Fest ausrichten, ohne aufs Geld zu schielen.

XI (Schütze)

Die Axt im Haus ersetzt die Bohrmaschine. Doch Vorsicht mit Messern, Scheren und Brieföffnern. Wenn Mars sich querlegt, passieren die meisten Todesfälle im Haushalt, gern dort, wo Sie es nie vermuten würden: zum Beispiel am heimischen Schreibtisch.

XII (Steinbock)

Das Schicksal ist zum Greifen nah! Sie brauchen nur die Hände danach auszustrecken. Ob Sie den Hauptgewinn ziehen und alle Geldsorgen ein Ende haben, oder ob Sie demnächst spurlos in einer Erdspalte verschwinden, liegt nicht unbedingt in Ihrer Macht.

Ein X für ein U

Beiläufig blickte Anna in den großen Spiegel, während sie sich eilig abtrocknete. Sie hatte verschlafen und war spät dran. Aber das, was sie sah, ließ sie für einen Augenblick innehalten. Praktisch ohne Vorwarnung hatte sich ihr Körper verwandelt. Er füllte die Haut nicht mehr aus. Seitlich unter den Rippenbögen und vorn über den Bauch verteilten sich unregelmäßige, unschöne Druckstellen. Einfach so, über Nacht. Unwillkürlich versuchte sie mit der Hand die Haut glattzustreichen. War das schon das Alter?

Anna war 41, ohne Kinder und ledig, aber in festen Händen, wie sie sagte. Bevor sie Siegfried kennenlernte hatte sie Liebhaber gehabt, flüchtige, aber auch anhängliche und verlässliche und Wochenendbeziehungen. Lange konnte sie die Liebe und die Arbeit nie an einem Ort finden. Dann kam er, und diesmal entschied Anna, zu ihm zu ziehen. Dafür war sie jetzt schon fast ein Jahr arbeitslos.

Während sie sich die Haare föhnte, musste sie an diese Filme denken. „Wissen Sie, ich bin einsamer als ein Rentner auf Mallorca", war Petras Standardsatz, wenn sie einen Mann in irgendeiner Hotelbar herumkriegen wollte. Überhaupt, Standardsätze im Kino! Die alternde Kritikerin in ihrer Lieblingskomödie raunte den Objekten ihrer Begierde immer zu, „also, ich finde wir geben uns jetzt noch eine halbe Stunde, und wenn wir bis dahin niemand anderen gefunden haben, sollten wir zu mir gehen". Sie fand selten ein williges Beutetier. Und wenn, dann lief die Sache auf einen Kampf hinaus. Bei Petra kam es gar nicht zum Beischlaf. Sie machte die Männer vorher fertig. Das Schlafmittel auf ihrem Hotelzimmer hatte sie noch nie im Stich gelassen. Der präparierte Drink war in freudiger Erwartung hastig heruntergekippt. Und sobald das Opfer eingeschlafen war, verschwand sie mit der Brieftasche.

Der Wetterbericht empfahl warme Wintersachen. Sie streifte vorsichtshalber eine Strumpfhose über, stieg in die schwarze Hose, wählte ein T-Shirt und den roten Mohair-Pullover und schnürte die Stiefel. Die Zeit reichte nur für ein schnelles Frühstück im Stehen – schwarzen Tee, Toast und alte Kirschmarmelade – bevor sie in den wärmsten Mantel schlüpfte, den sie besaß und die fünf Etagen hinunter und aus dem Haus in Richtung U-Bahn stürmte. Fast hätte sie die Tasche mit den Beweisen liegenlassen. Die vielen erfolglosen Bewerbungen und die Absagen hatte sie in einem Ordner abgeheftet, um ihren guten Willen zu dokumentieren, eine Arbeit zu finden. Aber vielleicht hatte ja die Arbeitsagentur diesmal etwas für sie.

„War es Samenraub?" Die schwarzen Balken unter den Lettern verliehen der Frage einen reißerischen Nachdruck. Der junge Mann, der ihr breitbeinig ge-

genüber saß, hatte die Zeitung schwungvoll mit weit ausgebreiteten Armen aufgeschlagen. Er belegte damit zwei Plätze auf einmal. Leicht nach vorn gebeugt vertiefte er sich in den Sportteil. Anna sah aus den Augenwinkeln, wie die Frau neben ihr, die auch hinüber gesehen hatte, schmunzelte. Um den Text auf der Titelseite lesen zu können, hätte Anna näher heranrücken müssen. Das wäre ihr aber peinlich gewesen. So überließ sie sich der Schlagzeile in Gedanken und versuchte, sich das durchtriebene Leben einer Samenräuberin vorzustellen. Fellatio und Betrug! Während er sich entspannt ausstreckt, könnte sie das gebrauchte Papiertaschentuch, das in hohem Bogen aus dem Bett geflogen war, freundlich zuvorkommend aufgehoben, sich damit im Bad eingeschlossen und es sich zwischen die Beine gestopft haben. Oder sie hatte vielleicht das Präservativ aus dem Papierkorb gefischt und war in der Küche verschwunden, um es in einen Gefrierbeutel zu legen. Den hätte sie dann bis zum nächsten Eisprung zwischen Fischstäbchen und Himbeeren konservieren können. Zum Termin wäre sie mit ihrer Beute im

Kinderwunschlabor erschienen. Man hätte ihre Eier-stöcke punktiert, das aufgetaute und gereinigte Sperma injiziert und die Eizelle wieder eingesetzt. Oder die Diebin hatte absichtlich vergessen, die Pil-le zu nehmen und ihren Liebhaber auf die klassisch weibliche Tour ein bisschen reingelegt.

Siegried und Anna hatten ewig nicht mehr mitei-nander geschlafen. Wenn sie sich daran erinnern wollte, wie viel Zeit vergangen war, kramte sie ein altes Arztrezept hervor. Sie trug es immer bei sich. Damals hatte sie beschlossen, das Rezept nicht mehr in der Apotheke einzulösen und die Pille ab-zusetzen. Das Verhütungsmittel war sinnlos gewor-den. Die Abende ohne Sex waren eine tägliche Pro-vokation. Als Beweis der Niederlage und als Trumpf gegen Siegfrieds Vergesslichkeit steckte das kleine Blatt mit dem Datumsstempel säuberlich gefaltet in ihrem Portemonnaie. Er tat immer so, als könne er sich nicht erinnern, wie lange sich ihre Abstinenz schon hinzog. Aber in Wahrheit hatte er einfach Angst davor, sie könnte plötzlich schwanger werden. 41 hielt er für ein gefährliches Alter bei Frauen. Es war die letzte Ausfahrt in ein Leben mit Kind. Siegfried war auf der Hut und wich ihr aus.

Gleich am Anfang ihrer Liebe wollte sich Siegfried sterilisieren lassen. Er wollte auf gar keinen Fall Vater werden. Und Frauen in Mütterform, die er „Mutts" nannte, fand er unausstehlich. Doch Anna war dagegen gewesen. Damals wäre ihr eine solche Entscheidung wie ein unwiederbringliches Unglück erschienen. Lieber wollte sie Hormone schlucken. Nun, da sie endlich begriffen hatte, dass sie kein Kind haben würden, ertappte sie sich bei dem Gedanken, Siegfried müsse den Eingriff unbedingt vornehmen lassen. Die Vorstellung, er könnte irgendwann mit einer anderen Frau ein Kind haben, war ihr unerträglich.

Bodo, ein Komplize und Liebesberater aus bewegteren Zeiten, hatte Anna einmal erklärt, er würde grundsätzlich nur mit Frauen ab Ende Vierzig etwas anfangen. Da habe sich die lästige Frage nach dem Kinderwunsch ein für alle Mal erledigt. Die seien vergleichsweise ausgeglichen, irgendwie gefestigter - und manchmal auch dankbarer, hatte er boshaft hinzugefügt. Aus irgendeinem Grund hatte sie den Freund aus den Augen verloren. Aber neulich hatte Anna zufällig erfahren, dass Bodo eine zehn Jahre jüngere Frau geheiratet hatte, fünf Monate später Vater einer kleinen Tochter geworden war und dass die junge Familie nun in Berlin lebt. Verrat! Man konnte nie wissen, wie sich die Dinge entwickelten.

Ein kleines unordentliches Verhältnis wäre nicht schlecht. Sie überlegte, wer aus ihrem Freundeskreis in Frage käme. Ulrich? Zu moralisch! Werner? Zu treuherzig! Oder Paul, dieser sentimentale Alt Linke mit dem Spleen zur unbedingten und absolut verletzenden Offenheit? Keinem von ihnen traute sie die Diskretion und die Energie für eine klassische Affäre zu. Wo sind sie geblieben, die konventionellen Männer, die im Stande wären, ein kleines anrüchiges Doppelleben zu führen? Sie wären einfach damit überfordert, das Geheimnis für sich zu behalten. Sie könnten gar nicht anders, als mir ihren

Frauen offen darüber zu sprechen und ihr Gewissen zu erleichtern. Womöglich würden sie am Ende Sex mit Liebe verwechseln und alles durcheinander bringen. Es wäre eine Bombe mit ungewisser Sprengkraft. Anna ahnte, dass dieses Abenteuer viel zu kompliziert würde. Sie wollte keine großen Gefühle. Fast gerührt musste sie an die bewährten Liebhaber aus ihrem früheren Leben denken. Leider wohnten sie nicht in dieser Stadt. „Bald bist du soweit, dass du den Briefträger für einen interessanten Mann hältst." Sie saß in der Treue-Falle aus Mangel an Gelegenheit.

Aber es war ja nicht so, dass sie sich nicht liebten oder einander nicht brauchten! Daran glaubte sie fest. Vor allem brauchten sie sich. Angst hielt sie zusammen. Sie wollten um keinen Preis verlassen werden. Und Schonung! Rücksichtsvoll wollten sie sich gegenseitig die bittere Erfahrung ersparen, wieder solo zu sein. Geholfen hatten sie sich in guten und schlechten Zeiten. Das vergaßen sie sich nicht. Aber die Dankbarkeit hatte die Leidenschaft eingedampft zu einem Gefühl zärtlicher, manchmal trauriger Verbundenheit. In Siegrieds Gegenwart war Anna nicht besonders unglücklich. Unzufrieden wurde sie immer erst, wenn sie allein war oder das Haus verließ. Dann wollte sie sich dieses Leben nicht ausgesucht haben. Und dann kam der Neid auf andere und die Gier, nichts verpassen zu wollen.

„Sie ist klein, rund und geschwätzig. Er ist riesig groß, glatzköpfig, krummbeinig und wortkarg. Aber zusammen sind sie ein tolles Paar!", frotzelten irgendwo im Waggon mehrere Frauenstimmen ausgelassen. Anna musste jetzt aussteigen. Der junge Mann las gerade mit unbewegter Miene die Titelstory. Als sie sich erhob, sah er kurz hoch. Sie lächelte ihn an. Irritiert über das fast unmerkliche Blinzeln in ihren strahlend blauen Augen vertiefte er sich schnell wieder in die Zeitung.

Es funktionierte noch!

Gespenster von gestern

Das Konfekt hatte Mr. Witt persönlich ausgesucht. Es war vor allem unter den arabischen Gästen beliebt und wurde in größeren Mengen sogar außer Haus verkauft. Um eine Hochzeitsgesellschaft von tausend Personen mit Konfekt zu versorgen, legten Mr. Witt und seine Gehilfen extra Schichten ein. Witt arbeitete seit 1990 im "Pyramide". Sein Handwerk hatte er in Deutschland gelernt, genauer in Berlin, Vor 1990 hatte man niemals einfach nur Berlin oder Ostberlin gesagt, sondern nach einem kurzen Luftholen immer "Berlin - Hauptstadt der DDR". Als die Mauer noch stand, machte "Genosse" Witt mit seinen Konditorgesellen im Palast der Republik die Marzipanhunde. Es wurden Berge von Marzipanhunden gegessen. Natürlich nur zu besonderen Anlässen, wenn Erich Honecker und das Politbüro etwas zu feiern hatten. Auch das Gebäck und Konfekt stammten aus seiner Konditorei, einer kleinen Abteilung des Kasinos im Palast. Seit über zehn Jahren lebte Witt inzwischen in Kairo. Vor allem lebte er im Hotel. Arabisch sprach er nicht, nur etwas Englisch, aber das machte nichts. Er ging kaum aus. Für den Einkauf besonderer Zutaten und Gewürze auf dem Markt reichten seine Sprachkenntnisse. Und wenn ihm die Wörter fehlten, deutete er lächelnd auf das, was er haben wollte. Im Hotel hatte er alles, was er brauchte. In seiner freien Zeit konnte er den Pool und den Fitness-Raum benutzen. Manchmal stellte er eine der Sonnenliegen, etwas abseits der Gäste, im Park auf und genoss den Blick auf die Pyramiden. Im Hotel arbeiteten viele Ausländer. Auch der Maître de Maison kam aus Ost-Berlin. Einen Steinwurf vom Palast der Republik hatte er sich im "Palast-Hotel" mit undurchdringlicher Miene um die ausländischen Gäste gekümmert. Seine Kontakte zum Ministerium für Staatssicherheit waren hervorragend gewesen. Damals hieß er noch Wuttke.

Alter Berliner Name, Arbeiterklasse! Er hatte sich hochgearbeitet. Sein Vater war Kohlenträger gewesen. Der junge Wuttke durfte etwas Richtiges lernen. Er war so alt wie die DDR, Jahrgang 49, geboren im Jahr des Volkes - Anno Populi, so hieß ein berühmter Film damals -, als Proletarierkind wurde er zum Studium gedrängt. Lange konnte er sich nicht entscheiden zwischen Wirtschaftswissenschaft und Kriminalistik. Am Ende wählte die Kriminalistik ihn. Die Wirtschaftswissenschaft war damals überlaufen.

Im "Palast-Hotel" mieteten Wuttkes Freunde von der Staatssicherheit immer das angrenzende Nebenzimmer, sobald sich ein Politiker oder Geschäftsmann aus dem Westen ansagte. Dann erschienen die Techniker. Die Wanzen wurden im Zimmer des Gastes verteilt. Ein winziges Loch in der Tapete und ein etwas größeres in der Wand genügten, um zu beobachten, was der Besucher gerade tat. Manchmal nahm er eine Frau mit aufs Zimmer. Sie war vorher für ihn ausgesucht worden. Die Fotos, die bei dieser

Gelegenheit geschossen wurden, waren keine Erinnerungsfotos. Bevor der Gast anreiste, genügte den Männern in ihren Kurzmänteln und den kleinkrempigen Hüten ein kurzer Blick durch die Räume. Wuttke war immer dabei. Schließlich war er für den Hotelbetrieb verantwortlich. Er mochte seine Arbeit. Vor allem liebte er das Hotel. Als die DDR zusammenbrach, bekam Wuttke graue Haare und eine neue Identität. Mit seinem neuen Pass verließ er Deutschland in Richtung Naher Osten.

Im "Pyramide" durfte er ein gediegener Hotel-Manager sein und seine steifen, etwas altmodischen Umgangsformen pflegen. Nicht nur die arabischen Gäste schätzten die lautlose Umsicht, mit der er Wünsche erfüllte. Seit der Wende hieß er Kunstmann.

Die Hausdame sprach ebenfalls Deutsch, ein Umstand, der die gemeinsame Arbeit sehr erleichterte. Den Akzent konnte man vernachlässigen. Frau von Steiger war Schweizerin. Verarmter Adel. Vor Jahren hatte sie selbst ein kleines Hotel in Tanger besessen, eine Erbschaft ihres Vaters. Das "Estelle" war in den fünfziger Jahren mondän gewesen. Tanger gehörte zur internationalen Zone und zog die vergnügungssüchtigen oberen Zehntausend genauso an wie die Agenten diverser Geheimdienste. Damals stiegen Künstler vom Kontinent, verrückte Millionäre, Schmuggler, Spekulanten und Spieler dort ab. Später erschienen andere Gäste. Sie kamen von irgendwoher. und sie hatten ihre Hoffnungen auf ein besseres Leben noch nicht aufgegeben. Tanger wurde Afrikas Schlupfloch nach Europa. Monatelang zehrten sie ihre Ersparnisse auf und warten auf eine gute Gelegenheit, in Spanien unterzutauchen. Sie trugen ihre Kleider aus besseren Tagen, die immer zerschlissener wurden und bemühten sich, Haltung zu bewahren. Nach und nach verschwanden sie, und es kamen neue, ärmere Glückssucher.

Im "Estelle" sammelte sich wie in den anderen kleinen Hotels, der Kargo für den Kontinent des

Wohlstands. Eine menschliche Fracht, die für Schlepper und betrügerische Fischer zur willkommenen Beute wurde. Frau von Steiger wollte aber nicht dabei zusehen, wie der Mythos von Tanger unwiederbringlich im Schmutz versank. So verkaufte sie das "Estelle" und trat in die Dienste des "Pyramide". Es bewahrte sie vor dem endgültigen Abstieg.

Das "Pyramide" war ein Hotel voller Tradition. Hier hatten schon Eugenie, die Gattin Napoleons Agatha Christie und Winston Churchill logiert. Aber auch arabische Staatsmänner zählten zu den früheren Gästen. Frau von Steiger kannte die Galerie der Berühmtheiten, die einmal im Hotel gewohnt hatten, genau. Spielend konnte sie Anekdoten über diesen oder jenen einfließen lassen, in der Art, wie man sich in ihren Kreisen früher kleine amüsante, tragische oder grausame Geschichten aus der aristokratischen Ahnenreihe erzählte. Auch wurde sie bald zur Vertrauensperson alleinreisender Damen. Das "Pyramide" galt unter Geschäftsfrauen und Touristinnen als angenehmes Domizil. Für sie war der Nachmittagstee eine Institution. Und Frau von Steiger gab ihnen durch ihre diskrete Anwesenheit Gelegenheit zur Konversation, wahlweise auf Französisch, Englisch oder auf Deutsch mit starkem Schweizer Akzent, der als besonders "charming" galt.

Das Konfekt hatte Mr. Witt selbst ausgesucht. Die Etagere voller süßer, schwerer Köstlichkeiten glitt zusammen mit dem Platzteller, über dem sich eine silberne Servierglocke wölbte; auf dem Servierwagen lautlos in die 207. Als der junge Mann vom Zimmerservice die Suite rückwärtsgehend wieder verließ, lächelte er der Geschäftsfrau gequält zu, obwohl er mit dem Trinkgeld zufrieden sein konnte. Mrs. Shortbread seufzte kaum merklich. Vorsichtig hob sie die schwere Servierglocke auf einer Seite an, sobald sich die Tür geschlossen hatte. Um in das halbgeöffnete Maul des Kugelfischs blicken zu können, bückte sie sich und neigte ihr rundes Eulengesicht ein wenig zur Seite. Da lag es! Gestern hatte sie sich spät abends eine Suppe bestellt, Ganz gegen ihre Gewohnheit hatte sie ihr Gebiss nach dem Essen nicht auf dem Waschtisch im Badezimmer, sondern auf dem Servierwagen abgelegt. Diskret hatte der Kellner noch in der Nacht alles abgeräumt. Am nächsten Tag war die Verzweiflung groß. Sie konnte ihr Gebiss nirgends finden. Und der Geschäftstermin am späten Vormittag rückte immer näher.

Das Frühstück ließ sie sich mit undeutlicher Stimme aufs Zimmer servieren. Da die Prothese nicht auftauchen wollte, machte sich der umsichtige Herr Kunstmann auf die Suche nach einem Dentisten. Im Notfall musste ein Ersatzgebiss bereitgestellt werden. Ein Zahnarzt war schnell gefunden. Dessen Bruder betrieb ein Labor für Zahntechnik. Er war bereits auf dem Weg ins Hotel, um Maß zu nehmen. Die Zimmermädchen durchwühlten die Wäschekörbe und alle Servicewägen der fünften Etage. Die Spät- und Frühschicht des Zimmerservice wurden befragt. Doch Mrs. Shortbreads Gebiss blieb unauffindbar. In letzter Minute fand es eine äthiopische Küchenhilfe in der Spülküche. Wo, bleibt das Geheimnis des Personals. Sauber geputzt, legte es Frau von Steiger höchstpersönlich unter die silberne Servierglocke. Sie beschloss, den peinlichen Vorfall schnell zu vergessen. Kunstmann aber nahm sich vor, die Anekdote bei Gelegenheit zum Besten zu geben - ohne Namen zu nennen, versteht sich. Er fand, dass die Geschichte als Werbung für das "Pyramide" taugte, da man jederzeit in der Lage sei, jedes Problem diskret zu lösen. Kunstmann hatte für Mrs. Shortbread ein Taxi bestellt und sah sie kurzatmig und in größter Eile das Foyer durchqueren. Am nächsten Tag reiste sie zufrieden ab.

Ein flüchtiger Blick auf die Liste der vorgemerkten Zimmer sagte ihm, dass fünfundzwanzig neue Gäste erwartet wurden. Darunter waren nur wenige Stammkunden. Von den fremden Namen fiel ihm einer auf, ohne dass er sofort sagen konnte, warum: Ari Spiegelman mit Gattin. Als Spiegelman die

Empfangshalle betrat und auf den Empfang zusteuerte, erinnerte sich Kunstmann zuerst an den schlurfenden Gang. Den kannte er aus Berlin. Sofort fiel ihm Aris Geschichte wieder ein. Er war einer der wenigen Ausländer gewesen, die damals in der DDR die Universität besuchten und er war im selben Studienjahr wie Wuttke. Auch er studierte sozialistische Kriminalistik. Ein Genosse wie er, ein "guter Kommunist", wie man damals sagte.

Er gehörte der Kommunistischen Partei Palästinas an. Das Auslandsstudium war eine Auszeichnung für hervorragende Arbeit im illegalen Parteiapparat gewesen. Aber in Berlin waren Ari sehr schnell Zweifel an der glanzvollen Belobigung gekommen. In den Parteiversammlungen der SED hatte er sich mehr als einmal beklagt. Vor seinen Kommilitonen müsse er sich immer als Iraker ausgeben. „Für die SED sind wohl alle Israelis Zionisten", meinte er wütend. Das sei offizielle Politik, Parteilinie eben, erklärte man ihm. Also blieb Ari weiterhin der Iraker, der für alle Tarik hieß.

Hinter Spiegelman tauchte der Page mit dem stark beladenen Gepäckwagen auf und hinter dem Gepäckwagen schlenderte eine hochgewachsene Mitfünfzigerin herein, die noch immer eine Schönheit war. Spiegelman fühlte sich unverhohlen beobachtet. Er hatte den grauhaarigen Herrn im dunklen Anzug bemerkt, der offensichtlich zum Hotelpersonal gehörte. Gesichter waren seine Spezialität gewesen. Spiegelman vergaß selten eins, wenn er sich einmal Physiognomien und besondere Merkmale eingeprägt hatte. Kleine Veränderungen - eine neue Frisur oder Haarfarbe -, sogar die Spuren des Alterns, lösten sich vor seinem inneren Auge wie Firnis von dem Gesicht ab. Zum Vorschein kam das Wesentliche. Während seines Studiums hatte er zu den Besten gehört, wenn es um Wiedererkennung und Identifizierung ging. Da stand Wuttke, wie ein Phantom aus einem vergangenen Leben. Aber man nannte ihn Kunstmann. "Suite 207" sagte der Portier zu Spiegelman. Er reichte dem Pagen den Schlüssel und zeigte in Richtung der Aufzüge.

Sobald die Mittagshitze nachgelassen hatte, waren die Spiegelmans zu einer Kameltour zu den Pyramiden aufgebrochen. Sie kehrten gerade rechtzeitig zum Fünfuhrtee zurück. In ihrer hellen, weit geschnittenen Leinengarderobe sahen sie aus wie europäische Afrika-Reisende um 1900. In der Nähe des Zeitungsständers nahmen sie Platz. Der Tee und eine feine Auswahl an Gebäck und Konfekt wurden sofort serviert. Durch halb geschlossene Augen betrachtete Spiegelmans Frau die Intarsien des arabischen Mobiliars, die verschwenderischen Muster der Teppiche und die Gesichter der Gäste, vornehmlich Damen mittleren Alters. Als Primatenforscherin vertrieb sie sich gern die Zeit damit, in den Hochburgen der menschlichen Zivilisation die verborgenen wilden Kreaturen zu erkennen. Am anderen Ende des Raumes wandte sich gerade ein Schimpansengesicht einem jüngeren Brüllaffen zu. Nach einem kurzen Dialog lächelten sie sich mit gebleckten Zähnen an und nippten an ihrem Tee.

Spiegelman kannte diesen Blick geschärfter Aufmerksamkeit hinter der Maske krokodilhafter Trägheit nur allzu gut. Er zog unmerklich die Schultern hoch, rutschte tiefer in die weichen Polster des Sessels und wandte sich entschlossen der "Herald Tribune" zu.

Als sie sich erhob, um noch etwas Gebäck am Buffet auszusuchen, blieb ihre lange Perlenkette an der Tischkante hängen. Der spitze, kaum unterdrückte Schrei zerriss die Ruhe gedämpfter Unterhaltung. Die Perlen tropften im freien Fall auf den Intarsientisch. Schon kullerten die ersten mit erstaunlicher Geschwindigkeit durch den Raum. Frau von Steiger war sofort zur Stelle. Während sie versuchte einige Perlen, die auf den Tisch gepeitscht waren, im Flug aufzufangen, ging Spiegelman bereits in die Knie, um die rollenden Exemplare aufzusammeln. Kunstmann, der die Unruhe bemerkt hatte, eilte aus dem Foyer herbei. Auch er bückte sich, unerwartet sportlich, und hob einzelne Kugeln auf. Glücklicherweise waren nur wenige über das Parkett durch den ganzen Raum unterwegs. Die meisten hatten sich auf dem Teppich unter dem Tisch verteilt. Dort trafen sich Kunstmann und Spiegelman auf allen Vieren. Sie blinzelten sich zu. Spiegelman raunte: "Kunstmann ist gut". Er flüsterte "Genosse Wuttke" und lachte leise. "Wie wäre es mit einem Treff, heute Abend? 22 Uhr. Er hatte tatsächlich Treff gesagt, wie damals. Sie verabredeten sich auf dem bewachten Parkplatz, einen Block hinter dem Hotel.

Kunstmann hatte seinen freien Abend. In die milde Nachtluft hinein erzählte Spiegelman, wie er bald nach seiner Rückkehr aus Berlin Schwierigkeiten bekommen und die Partei ihn als Feind ausgespien habe. Und wie er schließlich ins bürgerliche Leben zurückgekehrt sei. Seit Jahren reiste er als Generalvertreter für Gore-Tex durch den Nahen Osten. Tolles Material. Resistent gegen Hitze und Kälte, Wind und Regen, aber atmungsaktiv. Manchmal begleite ihn seine Frau, die er vor fünfzehn Jahren kennengelernt hatte und die er noch immer so anziehend fand wie am ersten Tag. Kunstmann wurde ganz

Wuttke und merkte, wie er sentimental wurde. Er erzählte von seiner Angst, als „Offizier im besonderen Einsatz" der Staatssicherheit in der Wende enttarnt zu werden durch Zufall oder Denunziation und von den letzten Tagen in Berlin. Spiegelman zeigte sich äußerst mitfühlend. Schon während ihrer gemeinsamen Studienzeit hatte er Wuttke gemocht. Es war fast eine Freundschaft gewesen. In Kunstmanns Auto fuhren sie den kurzen Weg zur Sphinx, die dramatisch beleuchtet war. Sie umrundeten dieses Wunder der Welt und betrachteten es von allen Seiten. Zuletzt stiegen sie aus dem Wagen und schauten in das monumentale Antlitz. Einträchtig schweigend standen sie im Dunkeln beieinander. Auch die Sphinx schwieg. Natürlich. Was sonst?

Schlecht geträumt

Schnell entfernt sich der offene Wagen, gezogen von unsichtbaren Kreaturen, von der Stadt. Die wird ganz klein. Ich schwebe dem Meer entgegen, bis das Wasser ganz nah heranbrandet an den Strand, der immer schmaler wird. Aber jetzt ist der Wagen ein Gefährt auf drei Rädern, wie es Versehrte haben, denen die Beine taub sind oder weggeschossen wurden im letzten Krieg. Meine Arme bewegen das Gestänge des Krüppelwagens mühelos, als ob ich nie etwas anderes kannte. Aber ich habe auch Rückenwind. Am Leuchtturm müssen wir anhalten. Die luftigen Etagen des Holzgerüsts sind alle Belegt. Männer in weißen langen Hosen und Tennispullovern haben sich auf Deck Chairs ausgestreckt. Sie sehen herunter. Andere werfen sich graziös die weißen

Bälle zu. Die Greisin neben mir schläft. Während der Fahrt hat sie sich an meinen Körper geschmiegt. Sie ist tief in den Sitz gerutscht und immer faltiger geworden. Ich habe die Aufgabe, die Bälle, die auf ihren kleinen Kopf zielen, abzuwehren und im Spiel zu halten.

Wir aber sehen aus dem Fenster. Das Meer hat sich verdunkelt, die Luft wird grau und gelb vom Sand. Und der Himmel hat sich verfinstert. Dann kommt der Regen. Aber die trübe Sandluft wird nicht ausgewaschen. Vom Zimmer aus will es scheinen, als verbinde sich der Regen mit dem Sandsturm vor einer fahlen Sonne. Von hinten höre ich dich fragen: „Wie kommen wir hier bloß weg?"

Noch schlechter geträumt

Allein am Tisch in einem belebten Raum. Verabredet mit jemand, der nicht kommt. Dann setzt sich einer dazu, redet viel, findet sich unwiderstehlich. Plötzlich geht die Verabredung mit einer Frau im Arm vorbei und macht Zeichen, ich solle ihn nicht kennen. Der Typ am Tisch verschwindet. Ein anderer setzt sich zu mir - klein, lustig, aber auch melancholisch. Ich denke noch, ich sollte öfters herkommen, da macht mir der einen Heiratsantrag. Ich wehre ab, warum sollte ich heiraten, ich bin jetzt 43 und komme auch ledig ganz gut zurecht und warum gerade ihn? Er ist kindlich enttäuscht. Wir schweigen, dann sinkt er auf seinen Arm und schläft ein.

Jetzt sind wir nicht mehr allein, die Verabredung mit der Frau im Arm sitzt mit am Tisch. Plötzlich zieht der Typ ein Heft hervor - einen Katalog mit Pornofilmen und Kriminalromanen. Guckt triumphierend. Ich blättere gleichgültig darin und lasse mir nichts anmerken. Frage wie eine Therapeutin, ob er gerne Pornos anschaut und Mordgeschichten liest. Er guckt so, dann schläft er wieder ein. Wie ein Embryo liegt er zusammen gekrümmt unter dem Tisch, der jetzt eine Schulbank ist, im Zwischenfach. Jetzt bin ich mir sicher, dass der mich umbringen will. Habe aber kein Bargeld, um mich loszukaufen. Gehe hinaus, ziehe am Automaten um die Ecke Geld. Die Verabredung hilft mir. Ich verschwinde mit einem Taxi. Später lese ich in der Zeitung, dass alle Opfer Frauen zwischen 44 und 46 Jahren waren. Vor Anspannung beiße ich mir im Traum einen Zahn aus. Beim Aufwachen tut mir der Kiefer weh.

Die Roulette-Reise

Die SMS vom Chef kam am Freitagabend. Er schickte die ganze Abteilung für eine Woche in Zwangsurlaub. Auftragsflaute. Wie ich die anderen kenne, war das Wochenende jetzt garantiert gelaufen und die Stimmung unter null. Aber trübsinnig rumsitzen gibt's bei mir nicht. Im Januar ist das Netz vollgepackt mit Wahnsinnsangeboten. Der ganze Trubel zwischen Weihnachten und Neujahr hat schlagartig ein Ende. Ohne Übergang wird der Schalter auf ,Nebensaison' umgelegt. Verschlafen ist die schon lange nicht mehr. Jetzt verreisen Singles und Paare ohne Kinder, eben alle, die sich nicht nach den Schulferien richten müssen. Geizige Sparbrötchen und Schnäppchenjäger steigen auch in den Flieger.

Ich klicke mich durch das Angebot: Fünf Tage Strandurlaub, Vier-Sterne, All Inklusive, alkoholische Getränke gehen aber extra, für lächerliche dreihundert Euro. Der Flug ist auch schon dabei. Eine Woche Faultierfarm, astrein. Da kann man nicht meckern! Wo es hingeht, werde ich erst am Flughafen erfahren. Das ist der Joker an diesem Deal. Gebucht!

Mir ist alles recht. Obwohl ich schon echte Überraschungen erlebt habe: Im Mai, als mir nach Party und 24-Stunden-Animation war, landete ich in einem abgelegenen Hotel im Landesinneren. So viel gewandert wie in diesen Tagen auf Mallorca bin ich in meinem ganzen Leben nicht. Ich schätze, dafür ist garantiert irgendein Individualist nach El Arenal geschickt worden. Der hat dort alles andere als die Abgeschiedenheit der Berge gefunden. Aber die Kolleginnen meinten, dass ich nach dem Urlaub selten so erholt aussah.

Das Taxi zum Flughafen fährt in den Morgen hinein. Ich weiß gar nicht mehr, wann ich zuletzt einen

Sonnenaufgang erlebt habe. So früh geht das Einchecken flott. Auf der Anzeige über dem Boarding-Schalter lese ich „Islands" und denke, dass die Anzeige nicht stimmt oder ich viel zu dünne Klamotten eingepackt habe. An den langen Gesichtern der Anderen sehe ich, dass viele dasselbe denken. Doch die Stewardess hat routiniert ihr umwerfendes Lächeln angeknipst, das keine Fragen zulässt. Island also! Den Flug verdöse ich. Schon nach weniger als einer Stunde landen wir. Es gibt keine Zollkontrolle und niemand will meinen Pass sehen. Jetzt bin ich mir sicher, dass ich im falschen Flugzeug saß, denn ich bin in Berlin Schönefeld gelandet. Aber ich habe keine Lust mich mit dem Bodenpersonal herumzuärgern und womöglich zurückzufliegen.

Draußen in der fahl trüben Winterlandschaft wartet schon ein Bus mit wilder Urwaldbemalung. Die Sitze sind mit schwerem Velours bezogen: Palmen und Tropenvögel. Wir nehmen in der grünen Hölle Platz. Kaum haben wir uns in Bewegung gesetzt, säuselt eine Stimme vom Band: >Willkommen an

Bord! In Kürze erreichen Sie Ihr Ferienresort „Tropical Islands".> Bingo, ich begreife, dass es zum Deal gehört, den Ferienort erst am Zielflughafen bekannt zu geben.

Wir fahren auf einer schnurgeraden Landstraße durch eine flache, weit und breit unbewohnte Gegend. Ist das jetzt die Heide oder die Börde, frage ich mich träge – unbeleckt von tieferen geografischen Kenntnissen nördlich des Mains –, als in der Ferne ein Kuppelbau in der Morgensonne glitzert. Das Gebäude muss riesig sein. Vielleicht ein überdachtes Sportstadion? Es hat bestimmt die Größe mehrerer Fußballfelder, denke ich. Ein futuristischer Bau im märkischen Sand, als habe es irgendwelchen Außerirdischen gefallen, mit ihrem Ufo in Diamantschliff irgendwo in der deutschen Wüste zu landen. Aber nein, das wird das Reiseziel sein. Inzwischen läuft auf dem Monitor vor mir ein Film, der mich einstimmen soll auf „Tropical Islands", die überdachte, windstille Südseeinsel, die kein schlechtes Wetter kennt, wo es das ganze Jahr über genau 28

Grad hat und die Wassertemperatur bei 31 Grad liegt. Draußen kann sich ein schwer fallender Schneeregen nicht entschließen, in den Bindfäden-Modus zu wechseln oder sich in tanzende Schneeflocken zu verwandeln. Er bildet kleine Rinnsale auf der Fensterscheibe, die der Fahrtwind vor sich hertreibt. Als ich aus dem Bus steige, habe ich das Gefühl, die Ferienanlage schon zu kennen. Wenn mir nicht so gut gefallen hätte, was mir eben gezeigt wurde, könnte ich jetzt sitzen bleiben und mit den abreisenden Touristen, die an der Haltestelle warten, zurückfliegen und wäre trotzdem da gewesen.

Heute ist mein Glückstag, denn ich bekomme ein kostenloses Upgrade auf mein Hotelzimmer und darf in einen der begehrten Bungalows am Strand einziehen. Die nächsten Tage werde ich in einer Hütte auf Bali leben, links neben mir wohnt unüberhörbar ein Pärchen aus Schwaben, rechts eine Alleinerziehende mit Kleinkind aus Sachsen – eine dialekttechnische Herausforderung. An die Kolleginnen aus meiner Abteilung schreibe ich gleich eine

SMS: „Liebe Zurückgebliebenen. Ihr glaubt nicht wo ich bin: auf „Tropical Islands". Last Minute, dem Chef sei Dank! Hier ist alles supi!" Dazu ein Smiley mit Sonnenbrille, mein Lieblings-Emoji. Zum Beweis schicke ich ein Selfie mit – ich vor meiner Bali-Hütte, im Hintergrund natürlich reichlich Palmen. Berlin Schönefeld erwähne ich nicht. Die können selber rausfinden, wo die Insel liegt.

Die Lagune ist ein Traum. Lange Holzstege laufen sternförmig auf den Pool zu und unterteilen den Strand in Abschnitte. Jedes Segment sieht anders aus. Ich entscheide mich für heute, Bali nicht zu verlassen. Obwohl viele Polsterliegen um diese Zeit schon mit Handtüchern belegt sind, ist es nicht allzu schwer, einen freien Deck Chair zu finden. Das Teakholz ist ohne Auflagen zwar eher etwas für Asketen, aber immerhin. Gut gelaunt bohre ich die großen Zehen in den warmen Sand, der wie neu aussieht, bis er weiter unten kälter wird. Ich frage mich, was wohl unter dem Sand kommt. Beton? Kaum. Das Chlor aus dem Pool und die subtropische Wärme würden dem Beton ziemlich zusetzen und ihn vor der Zeit zerbröseln. Betonkrebs, dagegen könnte man wenig ausrichten. Eine dicke Plane aus hellem Plastik, denke ich, damit der Sand nicht im Boden versickert und sich ganz tief unten mit dem märkischen Sand vermischt. Der neue Sand über meinen Zehen bewegt sich, als ob zwei Krebse sich tiefer durch alle Schichten eingraben wollten. Er ist so weich und so fein, wie es echter Sand kaum sein kann. Hinten im Selbstbedienungsrestaurant sind die Stühle mit den roten Sitzkissen wie Blütenblätter um die runden Holztische angeordnet. Ein zweites Frühstück wäre jetzt nicht schlecht. Ein Omelett und ein doppelter Espresso. Aber ein Blick auf die Warteschlange am Buffet wirkt ernüchternd. Obwohl ich ziemlich hungrig bin, beschließe ich, den ersten Ansturm abzuwarten und eine Runde zu schwimmen.

Sanft kräuselt sich das Wasser am flachen Ufer, wo ein paar Kleinkinder nassschweren Sand in bunte Plastikeimer schaufeln, auskippen und selbstvergessen wieder einfüllen. Es ist wirklich sehr warm.

Hinter dem Bereich des Planschbeckens wo es allmählich tiefer wird, ist das Wasser kühler. Ich tauche kurz unter, streife mir die Haare aus dem Gesicht und schwimme unentschlossen ein paar Züge.
Dann lege ich mich im Hohlkreuz auf den Rücken,
breite die Arme aus und schaue in die Kuppel: in-
dustrielle Skelettbauweise. Keine Spur von Illusi-
onstheater, sobald man den Kopf hebt und über die
Palmen und die ganze Südsee-Architektur blickt.
Ich habe das Rauschen des Meeres im Ohr. Ab und
zu landen die Geräusche vom Ufer bei mir an. Ich
treibe auf die Mitte des Pools zu und fange langsam
an mich zu drehen. Hier scheint es eine leichte
Strömung zu geben, die man vom Ufer aus gar nicht
bemerkt, wundere ich mich. Ich befinde mich jetzt
genau in der Mitte des Pools unter dem Scheitelpunkt der Kuppel, wo alle Streben zusammenlaufen.
Im Auge des Taifuns, denke ich.

>Toter Mann, toter Mann<, kreischt ein Fünfjähri-
ger und zeigt vom Ufer aufgeregt in meine Richtung. Dankbar nehmen die Erwachsenen auf den

Liegestühlen in der ersten Reihe die Abwechslung an und richten sich auf, um besser gaffen zu können. Vielleicht werden sie gerade Zaungäste eines Badeunfalls. So vergeht die Zeit bis zum Mittagessen wie im Fluge. Die Schnellsten haben sich ihr Smartphone gegriffen und machen ein Foto. Als ich merke, dass die Aufmerksamkeit mir gilt, hebe ich beschwichtigend die Hand und winke verlegen ans Ufer. Dann hole ich demonstrativ tief Luft und lasse mich zusammenklappen. An dieser Stelle ist der Pool überraschend tief. Ich sinke schnell. Der Grund zieht mich an. Ich spüre einen angenehmen Sog. Elegant vollführe ich eine Hundertachtziggrad-Drehung, öffne die Figur des „Klappmessers" und tauche nun mit dem Kopf voran. Der Boden ist farbenfroh gekachelt. Er zeigt eine Unterwasserwelt mit leuchtenden Fischen, Korallen und exotischer Meeresvegetation. Von der tiefsten Stelle aus steigen ab und zu Luftbläschen auf. Sie scheinen aus dem Bauch eines nachtblauen Fisches mit einem silbrig glänzenden Gittermuster zu kommen. Der Fisch ist viel größer als alle anderen Exemplare dieser Unterwasserwelt. Aus der Nähe kann ich das dunkle Loch erkennen, das mit einem groben Rost gesichert ist. Bingo, die Architekten haben sich viel Mühe gegeben, die riesige Umwälzanlage, den Herzmuskel des Pools, zu kaschieren, das muss man schon sagen. Allmählich geht mir die Luft aus. Und ich merke, dass ich vorher besser doch etwas gegessen hätte, denn ich muss ziemlich strampeln, um den Sog der Ansaugpumpe zu überwinden. Mit einem Anflug von Panik tauche ich auf und schwimme an Land. Sobald ich festen Boden unter den Füßen habe, kämpfe ich mich durchs Wasser und werfe mich ans Ufer.

Die Pommes Frites schmecken versalzen. Beim Kauen knirscht es. Der Sand ist überall, auch an meinen Fingern. Ich spüle die Mischung mit einer Diät-Cola hinunter. Die Stühle im Südsee-Imbiss sind doch nicht so bequem wie sie von weitem aussahen. Deshalb will ich schnell wieder auf meine Bali-Liege. Ich stapfe durch den feinen, weichen, warmen, neuen Sand und freue mich auf ein Schläfchen. Ausgestreckt trifft mich der gleißende Strahl wie ein Scheinwerfer. „Licht aus, Spot an!“, erinnere ich mich an die Siebziger. Genau da, wo ich liege, wirft die Sonne, die jetzt hoch steht, einen Streifen durch den winzigen Ring im Scheitelpunkt der Kuppel. Wie es aussieht, hat es draußen jetzt schönes Wetter. Dazu weht hier drinnen ein laues Lüftchen. Mir fällt der Werbefilm aus dem Bus ein, und ich wundere mich, denn die zarte Brise wächst sich schnell zu einem Wind aus. Die ersten Kinder fangen an zu weinen, weil ihnen Sand in die Augen weht. Ein Schwimmtier tanzt einsam auf dem Wasser. Die Palmen neigen sich gefährlich im Wind. Handtücher, auf denen noch immer niemand Platz genommen hat, werden von den Liegen geweht.

Ich bemerke, wie zwei Angestellte der „Tropical Islands“ sich vielsagend ansehen. Dann suchen sie mit den Augen konzentriert die Kuppel ab, als ob sich dort eine Erklärung für alles finden ließe. Vielleicht fragen sie sich auch, ob die Konstruktion einem Sturm standhalten kann. So plötzlich, wie der Spuk begonnen hat, ist er verflogen: Die Sonne ist weitergezogen. In der Südsee breitet sich wieder ein gleichmäßig diffuses Licht aus. Und über allen Palmenwipfeln herrscht absolute Windstille. Aber ich nehme mir vor, die Dinge im Auge zu behalten.

Die nächsten Tage verlaufen ereignislos, die reine Erholung. Ja gut, vielleicht ist es ein bisschen langweilig.

Epilog

Eine Roulette-Reise hält, was sie verspricht: alles oder nichts. Manche Reisen waren der Knaller, andere hätte ich mir sparen können. Man weiß nie, was man bekommt. Aber das ist es ja gerade. Deshalb mag ich Glücksreisen. Man zieht das große Los und spart jede Menge Geld dabei. Oder es wird ein Reinfall, der aber nicht allzu sehr zu Buche schlägt. Die Wahrscheinlichkeit, dass dich die Kugel trifft, wenn Fortuna gerade mal nicht so genau hinsieht, ist gleich null, oder doch viel kleiner als beim Russischen Roulette. Und wenn doch, dann ist das halt Künstlerpech, höhere Gewalt eben.

Bei BoD ist von Karin Hartewig erschienen:

„Schön ist es hier!" Roman, 2013.

Das ist Deutschland! Eine Landeskunde für alle, 2016.

Kunst für alle! Hitlers ästhetische Diktatur, ³2018 [zuerst 2017].

Total angesagt. Essays zur Kulturgeschichte, 2018.

Demnächst erscheint:

„Fortuna lächelt spröde" Bilder, Haikus, Tankas und andere Lyrik, 2018.